AF285780

Farben meiner Liebe

ISBN 9783837042467
Druck und Herstellung:
BoD GmbH. Norderstedt
Copyright ©2008 Xelanja
Coverbild: ©Dioxin/Photocase.com

Farben meiner Liebe

Dieses Buch ist all jenen gewidmet, die es lesen.

Xelanja

Alle Figuren in den Alltagsgeschichten sind frei erfunden und haben keinerlei Bezug auf lebende oder verstorbene reale Personen.
Eventuelle Übereinstimmungen sind Zufall.

Xelanja

Inhaltsverzeichnis

Foto: © A.Dreher/Pixelio

Gewisse Nächte

dem Mond folgen
ohne Furcht

dem Traum vertrauend
zu fliegen

jenseits allen Wissens
über die Grenzen der Zweifel

Foto: © Sprisi/Pixelio.de

Von den Regenbogengärten

Aus einem einfachen Regentropfen zaubert die Sonne die buntschillernde Brücke ins Märchenland.

Mit unserer Phantasie verwandeln wir die graue Welt darunter, unsere Welt, in einen farbenfrohen Garten, in welchem jedes Erlebnis, jeder Sieg, jede Niederlage, jede Begegnung, als Geschichtenblume wachsen kann.

Darunter gibt es seltene, manchmal bizarre Lilien und Orchideen, aber auch Löwenzahn und Gänseblümchen, die durch ihre Schlichtheit und ihren Überlebenswillen faszinieren.

Ich habe mich niemals als Exoten gesehen. So wie im Alltag die Waldglockenblume meine Lieblingsblume ist, werden auch meine Geschichten immer "hausbacken" und bodenständig bleiben. Es ist meine Art, die Welt zu sehen, es sind meine persönlichen Farben, die ich in diesem Büchlein anpflanze und welche vielleicht doch dem Einen oder Anderen ein wenig Freude schenken.

Das wäre niemals möglich gewesen ohne all die Menschen um mich herum.

Und dafür bedanke ich mich bei:

"Dionea" Andreas Blatt, dem größten Nervenbündel der ganzen Welt, einem unbequemen Mitmenschen, dem ich wünsche, dass all das, was heute unter der zappeligen Oberfläche schlummert, eines Tages kraftvoll in seiner Musik ans Tageslicht drängt

"Exetra" Marcel, dafür, dass er meinen Launen und meinen Ärger all die Monate nahezu klaglos ertragen hat

allen meinen Kindern, die immer zu mir gehalten haben, mich kritisiert, aber nie verurteilt.

den Fotografen, Administratoren und sonstigen Verantwortlichen der Bilderplattformen Photocase und Pixelio, die schnell und unkompliziert auf jede meiner Bitten eingingen, teilweise sogar eigene Ideen einbrachten.

Zu guter Letzt auch ein Dankeschön an die Autoren der Literaturplattformen "Literatopia" und "Verlorene Werke". Wir haben in Gemeinschaftsarbeit wohl nicht alle Fehlerchen ausmerzen können, aber das von euch geleistete Arbeitspensum war enorm.

Lasst eure Farben leuchten und mögen es immer eure ganze eigenen sein!

Jena, im November 2008

Xelanja

Foto: ©Harry Hautumm/Pixelio.de

Die Müllersche

Die alte Frau geht durchs Dorf.

"Schaut nur, die Müllersche", sagen die Leute.

"Nun ist sie ganz wunderlich geworden. Sie redet mit sich selbst. Aber wollen mal froh sein, wenn wir mit 90 noch so beieinander sind ..."

In das Lästern mischt sich Anerkennung. Man kennt die tapfere kleine Frau.

Vor der neuen Kaufhalle bleibt sie stehen:

"Schau", sagt sie, sich zu ihrem Begleiter umwendend, "hier stand früher unser Haus. Mit der Rückseite zum Bach. Es war immer scheußlich kalt im Winter und alles feucht."

"Ich erinnere mich", antwortet der Mann neben ihr.

"Ich war oft bei Euch zu Gast."

Die Alte denkt einen Moment nach, schmunzelt dann:

"Stimmt ja. Ist aber lange her."

Sie gehen an der alten Kirche vorbei. Da war ihre Einsegnung. Hier hatte man sie die Gebote gelehrt und ihren Glauben.

"Sag, wieviele der Gebote hab ich eigentlich eingehalten? Aber ehrlich!"

In der Stimme ihres Begleiters liegt ein Lachen: "Na, wenn selbst du das nicht weißt ..."

Sie setzt sich auf die Bank unter der Linde, ein wenig erschöpft.

"Ja, eigentlich, gestohlen hab ich nie ..."

"Ach nein? Und was war mit den Kohlen und den Rüben? Gleich nach dem Krieg?"

"Hmmm. Meinst du, das zählt? Das wäre aber ungerecht. Und Töten ... na ja, als ich der alten Gerstenbergerin gesagt hab, ich wünsch ihr, dass sie die Kirchtreppe runterfällt, war das ja nicht ernst gemeint. Das müßte der Obere aber wissen, wenn er alles weiß ..."

Die schmale Gestalt neben ihr antwortet nicht, hält das Gesicht der Spätsommersonne entgegen.

"Ist auch egal. Werd schon sehen. Hab ja auch einen Mund, mich zu verteidigen ... hab ich doch, oder? Ich meine ... dann?"

Kurze Pause.

"Außerdem muß er mir auch noch sagen, warum er mir Hansi weggenommen hat. Damals im Krieg und meinen Sohn, Werner."

"Das sollte er Dir wohl erklären, Anna."

"Genug ausgeruht, gehn wir weiter, es wird bald dunkel."

Und so schlendert das ungleiche Paar, sie klein, auf ihren Stock gestützt, er groß, schlank, in einen schwarzen Mantel gehüllt durchs Dorf, am Feldrand entlang zum Wald, bis hin zum Entenweiher. Es ist ein Weg, der fast einen ganzen Lebenskreis beschreibt, denn weiter hinaus ist die Alte nie gekommen. Sie sitzen da, auf dem umgestürzten Baum, nebeneinander und sehen zu wie die Sonne untergeht.

Endlich regt sich die Alte:

"So, es wird kalt. Zeit, nach Hause zu gehen ..."

Und ihr Begleiter dreht die bleichen Knochen seines Gesichtsschädels dem aufgehenden Mond entgegen:

"Warum glauben die Menschen, ich trüge eine Sense, Anna?"

Foto: ©Christine Braune/Pixelio.de

Der Kunstkenner

Knapp unter der Decke, ungefähr einen halben Meter neben dem Wasserfleck, welchen der umgefallene Wischeimer meiner Obermieter hinterließ, hängt ein Regal.

Eines der männlichen Streiflichter meines Lebens hat das Ding lieblos zusammengehämmert und angeschraubt.

Die Holzplatte, krumm, schief, nicht abgeschliffen, liegt auf zwei hässlichen Schwerlastträgern. Vom Boden führt ein winziges Treppchen aus ungleichmäßigen Brettern zu dieser Plattform, von der man, steht man unten, nur den Zipfel eines gelben Kissens herabhängen sieht. An einer Seite des Aufstiegs schaukeln drei bunte Holzkugeln an Gummifäden.

"Phantastisch", jubelt Maximilian und bekommt leuchtende Augen.

Maxel ist Künstler, einer von den modernen, deren Bilder mit Flaschenkronen und Senf-

flecken beklebt sind und verkehrt herum auf-
gehängt immer noch schön aussehen. Und er ist
ein Freund, heute sagt man wohl eher Kumpel,
ein ungemütlicher, herausfordernder Zeitge+
nosse.

Meine Aquarellsammlung, liebevoll über viele
Jahre auf Trödelmärkten zusammengesucht,
entlockt ihm nur ein Achselzucken:

"Wäre es Musik, würde ich sagen, du bist
terzverliebt, Xeli."

Was bitte ist eine Terz?

Jetzt allerdings betastet er begeistert das schief-
rige Holz.

"Hat das Ding einen Namen? Wer hat es ge-
baut? Nein, sag nichts, lass mich raten. Han-
semann de Müller? Und es heißt sowas wie -.
'Die Karriereleiter'? Richtig?"

"Nah dran", grinse ich.

"Du solltest aber ein Schild mit Namen und
Künstlerdaten anbringen, Xeli, schließlich ist
das nicht auf deinem Mist gewachen."

O Gott, wie hieß der Typ noch mal? Karsten
Lehmann? Oder war das Jens Schubert?

Irgendwann, mein Vorrat an aromatisiertem Tee
neigt sich schon dem Ende zu, verabschiedet
sich Maxel, wirft noch einen traurigen Blick auf
das Objekt seiner Begierde und meint:

"Solltest du es verkaufen wollen, denk an mich. Viel kann ich zwar nicht geben, aber immerhin sind wir doch Freunde."

Kaum ist er verschwunden, klirrt leise die Balkontür und Mijuu huscht herein. Die Katzendame mag Fremde nicht, insbesondere, wenn sie ständig nach Ölfarbe riechen.

Vorwurfsvoll blickt sie mich mit ihren riesigen Bernsteinaugen an und scheint zu sagen:

"Es ist kalt draußen, konntest du den Kerl nicht früher rauswerfen?"

Dann klettert sie geräuschlos das Treppchen hinauf und ringelt sich auf ihrem gelben Schmusekissen zusammen.

Foto: ©Stephan Dietl/Pixelio.de

Familienbande

Vorsorglich kommt er uns, die ausgestreckte
Hand wie eine Waffe vor sich hertragend, bis
ans Auto entgegen.
"Liebe Güte, der überschlägt sich ja bald",
flüstert Miriam.
"Nö, er will verhindern, dass wir uns auf
offener Straße abknutschen- von wejen die
Nachbarn und so."
Ich spreche nicht laut, aber ich flüstere auch
nicht - Werner hat es gehört. Soll er. Die Hand
fällt herunter.
"Hallo! Toll, dass ihr gekommen seid!"
Das heißt, nach meiner internen Übersetzung:
'Schade, dass ich meine Schwägerin nicht dran
hindern konnte, ne Lesbe zu werden, aber man
denkt ja modern.'
Es gibt schon merkwürdige Arten, sich selbst
zu bewundern.
Glücklicherweise ist meine Liebste auf dem
Ohr taub.

Ihre Schwester, steht schon, zwei Paar Gastpantoffel in der Hand, hinter der Tür.

"Zieht die nur gleich an. Sonst gibts Drecktapsen und Werner wird sauer."

Igitt, wer mag da schon alles seine Schweißfüße dringehabt haben? Entschlossen zerre ich unsere Papuschen aus der Tasche.

"Danke, wir sind Selbstversorger."

Ich hoffe, mein Grinsen entschärft den Satz ein wenig.

Mia zögert eine Sekunde zu lang, schlüpft aber nach einem scharfen Blick von mir in ihre eigenen Schuhe.

Inzwischen drängt Werner, der in der noch immer offenen Haustür steht:

"Na geht schon in die Stube, machts euch gemütlich ..."

'... damit ich endlich die verfluchte Tür hinter euch zumachen kann. Ich werd wegen euch noch drei Meter an den Flur anbauen ...'

Manche Menschen denken so laut, dass man es hören kann.

Bisher amüsiere ich mich ganz gut. In der Stube kommen die beiden Frauen endlich dazu, sich zu begrüßen, wenn auch eher flüchtig.

"Nicht so schüchtern, setzt euch doch!"

Währenddessen wuselt Rita wie ein Aufziehauto durch die Gegend, rennt dreimal zum

Tisch und wieder zurück, überlegt, rast wieder los. Ich bin neugierig, wann ihr Mann den Schlüssel nehmen und sie wieder aufziehen muss.

"Nun setz dich doch endlich hin!", meint Miriam, leicht irritiert.

Werner fläzt kuchenbreit uns gegenüber.

"Die Zuckerdose fehlt noch, Rita! Und hol die anderen Kuchengabeln, die silbernen. Ich hoffe, die sind geputzt."

"Aber ja, Werner."

Er textet uns zu, von seiner Arbeit, den grauenhaften politischen Zuständen in der Kommune, geht dann dazu über, uns zu erzählen, wer in seinem Alt-Herren-Verein an den letzten Niederlagen Schuld ist, kommt schließlich, mit lodernden Augen, zum Hauptthema des Tages.

"Und dann haben wir hier jetzt ne Zähne-Kneipe ..."

Er spricht das wirklich so aus.

"Das gehört ja verboten. Wenn es Leute gibt, die es geil finden, sich zu verdreschen, ist das natürlich ihre Sache, aber ... Rita, ist der Kaffee denn immer noch nicht fertig? Wo war ich stehen geblieben? Ach ja, aber dass die Lederfutzis nun hier am hellerlichten Tag herumrennen ... ich bin ja tolerant, seht ihr ja

(bedeutungsvoller Schwenkblick). Nur das ist doch dann wirklich zu viel ... Rita, sag mal, baust Du den Kaffee erst an oder was?"
Ich sitze günstig und kann durch einen Spalt in die Küche sehen, wie sie an den Silbergabeln herumschrubbt.
"Komm gleich, Werner, komm gleich ..."
Mia zupft inzwischen ein wenig unruhig an ihrem Rollkragenpullover herum, unter dem sie einen Lederbody trägt. Ich nicke leise Richtung Küche. Sie versteht sofort und steht erleichtert auf:
"Ich helfe Rita mal eben schnell ..."
"Ja, ja, mach nur, allein bekommt die ja nie was auf die Ordnung."
Dann empört er sich fröhlich weiter.
Endlich kommen wir zum Kaffeetisch. Mit vollen Backen schmatzend ist das Thema des Hausherren inzwischen auf die Unmoral seines Städtchens im Besonderen und der Welt im Allgemeinen gekommen. Wir müssen die Zwang unterdrücken, vor seinem Krümelregen in Deckung zu gehen. Bei alldem starrt er Miriam unverhohlen auf die vollen Brüste. Zweimal versucht Rita seinen Redeschwall zu bremsen, wird aber mit einer knappen, herrischen Bewegung wieder zur Ruhe gezwungen.

Jeder Versuch unsererseits, mit ihr zu sprechen, wird abgewiegelt:

"Ach, die kommt doch nicht auf die Straße, die hat doch gar keine Ahnung."

Ich sehe, dass sie die Tränen unterdrückt und würde dem Typen zu gern Nachhilfe in gutem Benehmen geben, müsste Rita das nicht ausbaden, wenn wir fort sind. Sobald als irgend mit Anstand möglich, verabschieden wir uns.

Werner geht endlich mal aufs Örtchen und so bleiben wenigstens ein paar Sekunden.

"Alles Gute zum Geburtstag, Schwesterchen!", meint Mia und reicht Rita, fast zögernd, unser Geschenk.

Sie bedankt sich, schaut uns nicht an dabei.

Der Hausherr bringt uns vorsichtshalber wieder bis ans Auto.

"War nett, dass ihr gekommen seid. Lasst euch doch mal wieder sehen!", trompetet er laut über die Straße. Ich darf meine Liebste gar nicht ansehen. Sonst blutet mir das Herz, wenn ich sehe, wie tapfer sie die Tränen hinunter zu schlucken versucht.

Das nächste Mal werden wir das Geschenk wohl lieber mit der Post schicken.

Foto: ©Gert Altmann/Pixelio.de

Der Vampir

"Attraktiver, erfahrender Vampir (200 Jahre),
tageslichttauglich und holzpfahlresistent,
sucht freiwillige Opfer zur Aufrechterhaltung
seiner Lebenskraft.
Entschädigung in Form von Unsterblichkeit
garantiert.
Nur ernstgemeinte Angebote und Anfragen
an ..."

Anita grinst, als sie die Anzeige im kleinen
Lokalblatt liest. Was für ein Witzbold!
Und natürlich würde es wieder Leute geben, die
auf der Welle "Nichts ist unmöglich" mit-
schwämmen und darauf eingingen.
Das gäbe eine Story ab, die sich gut als Wochen-
endbeilage verkaufen ließe.
Warum eigentlich nicht?
Die erste Befürchtung erweist sich als grundlos.
Ihrer Rückfrage an die angegebene Adresse
folgt noch am gleichen Tag ein Anruf. Eine

sympathische Männerstimme lächelt in den Hörer.

"Ich freue mich über Ihre Meldung. Mein Name ist Michael Wirster und ich suche Leute, die bereit sind, mir ein wenig von ihrer Lebenskraft zu opfern."

"Ist es nicht ein wenig unüblich, das per Zeitung zu machen?"

"Nun, aus dem Zeitalter nächtlicher Überfälle und Morde sind wir wohl heraus, schließlich gibt es so etwas wie Kultur. Ich inseriere auch im Internet."

"Und Sie garantieren wirklich Unsterblichkeit? Das ist lächerlich."

"Nun, wie man es nimmt. Träumen Sie nicht davon?"

Anita schweigt einen Moment auf die unverblümte Frage.

"Wenn ich das richtig verstehe, müsste ich sterben, um dann, ohne Herz, ewig weiter zu leben. Richtig?"

"Das trifft den Nagel so etwa auf den Kopf."

"Wann und wo?"

Er gibt ihr eine Adresse.

"Erstaunlich, dass Sie keine Angst haben. Das ist sehr leichtsinnig. Dennoch möchte ich Sie bitten, einer vertrauenswürdigen Person meine Adresse zu geben und mit ihr Kontrollanrufe zu vereinbaren. Es wäre mir unangenehm, illegaler Machenshaften verdächtigt zu werden."

Anita ruft ihre beste Freundin Marion an, die, als sie ihr die Geschichte erzählt, sofort zu kichern anfängt und natürlich einverstanden ist, die Anstandsdame zu spielen.

Am Nachmittag, eine Stunde vor dem Termin, fährt die junge Journalistin zu der angegebenen Adresse. Das Gebäude ist nichts Besonderes, ein Siedlungshaus in einem der Vororte, bonbonfarben und neu.

Michael begrüßt sie persönlich an der Tür. Er ist mindestens 1.90 groß, mit breiten Schultern und sonnengebräuntem, markant-männlichem Gesicht, in dem blaue Sternenaugen unter kurzem blondem Stoppelhaar blitzen.

"Ich denke, Vampire fürchten die Sonne?"

Er grinst.

"Sie halten mich nicht für echt, nicht wahr? Ihrer Meinung nach müsste ich hager und bleich aussehen und um diese Zeit in einem Sarg schlafen."

"Nicht unbedingt genau so, aber ungefähr."

Jetzt lacht er wirklich.

"Wo leben Sie denn? Im Mittelalter?"

Anitas Angst ist auf dem Nullpunkt. Während Michael sie durch den Flur mit hellgelben

Wänden in die Stube begleitet, macht sie schnell den ersten Anruf.

Der Raum ist maskulin-anheimelnd. Schwarze Ledercouchgarnitur und helle Birkenholzmöbel. Sie lässt sich in einen der Sessel sinken. Auf dem Glastisch vor ihr steht eine Kanne, aus der es wunderbar nach Kaffee duftet.

"Milch und Zucker?"

"Nein danke, ich trinke schwarz. Haben Sie im Keller eine gutausgestattete Praxis? Ich meine wegen Infektionen und so."

Michael blickt kurz von seiner Tasse auf.

"Ich bin von Beruf Bildhauer, kein Arzt. Es besteht nicht die geringste Gefahr einer Infektion, wie Sie sich selbst gleich werden überzeugen können. Und ich kann übrigens auch kein Blut sehen. Mit wird schlecht davon."

"Sie sind sicher, dass Sie wirklich ein Vampir sind, so mit Aussaugen des Lebenssaftes und wie man das so kennt? Und nicht ein Mann, der nur auf ungewöhnlichem Weg versucht, Kontakte zu Frauen zu beginnen."

Er schaut Anita an, die Lachfältchen in seinen Augenwinkeln werden noch ein wenig tiefer.

"Ganz sicher ..."

"Nun, dann legen Sie mal los."

Er stellt ein schwarzes Kästchen auf den Tisch und holt aus einer Schublade zwei glitzernde Armreifen.

"Würden Sie die bitte anlegen?"

Belustigt schiebt Anita die elastischen Teile über ihre Hände. Dann schaltet Michael einen kleinen Knopf auf dem Kästchen ein, ein rotes Lämpchen glimmt auf und das war's schon.

"Trinken Sie ihren Kaffee aus, bevor er kalt wird."

Sie spürt ein leichtes, angenehmes Prickeln an der Stelle, wo die Bänder anliegen, mehr nicht. Amüsiert ruft sie wieder Marion an.

Irgendwie läuft das alles völlig falsch. Der ganz große Knalleffekt fehlt. Es ist zu normal, fast schon langweilig. Michael hat ihr nicht einmal ein Kompliment gemacht, von anderen Annäherungsversuchen gar nicht zu reden. Anita sollte wohl froh sein über seine Aufrichtigkeit, doch ein wenig fühlt sie sich in ihrer Eitelkeit verletzt.

Nach einer halben Stunde schaltet er das Kästchen ab.

"Sie können die Armbänder behalten, wenn sie Ihnen gefallen."

"Und wann kommt nun der Teil mit dem Blut saugen?"

"Habe ich etwas von Blut gesagt? Zeigen Sie mir bitte, wann und wo ich behauptet hätte, so eine Ferkelei anrichten zu wollen. Ich sprach von der Essenz Ihres Lebens und die habe ich nun dort drin ..."

Er weist auf den schwarzen Kasten.

"Das verstehe ich nicht."

"Sie werden es noch. Keine Angst."

"Und nun wäre ich also unsterblich?"

"Das dauert einige Tage, bis Sie die Auswirkungen spüren. Ein wenig Geduld bitte."

Zu Hause setzt sich die junge Journalistin an den Schreibtisch. Eigentlich lohnt die Farce nicht das Aufschreiben, vielleicht kann man wenigstens ein bisschen Humor herauskitzeln.

Die Worte wollen nicht kommen. Jede Formulierung klingt hölzern und tot. Vielleicht sollte sie lieber an ihrem Traum weiterarbeiten, ihrem eigenen Buch, an dem sie seit Jahren schreibt. Dazu fällt ihr immer etwas ein. Immer - bis auf heute ...

Die Wochen vergehen. Schreibblockade. Mehr schlecht als recht erledigt sie ihre Arbeit, einzig mit Handwerk, statt mit sprühenden Ideen. Die größte Angst jedes Schreiberlings.

Dann ruft Marion sie an:

"Heeee!! Das ist ja phantastisch, Anita. Aber warum hast du das nicht selbst geschrieben?"

"Wovon redest du?"

Eine Stunde später sitzen sie im Café, ein schmaler Buchband liegt zwischen ihnen. Anita ist bleich geworden.

"Liebesmond" von Michael W. nach einer Idee von Anita C..

Da liegt es. Ihr Buch und auch nicht.

Als sie zu der Randsiedlung fährt, steht das Haus leer. Doch ihre Mail wird prompt beantwortet.

"Sie haben sich einverstanden erklärt, Ihre Lebensessenz gegen Unsterblichkeit zu tauschen, Anita. So war die Abmachung. Die Essenz Ihres Lebens ist die Phantasie. Keine Angst, Sie werden wieder schreiben können, ich habe nicht alles abgesaugt. Aber es wird dauern, wie bei Blut, bis es sich erneuert."

Während der nächsten zwei Jahre wird Michael berühmt. Sein Bild erscheint auf den Covers der TopTen fast ohne Pause und immer findet man, immer kleiner gedruckt, irgendwo den Vermerk:

"Nach einer Idee von ..."

Foto: ©Andreas Stix/Pixelio.de

Die Abrechnung

Der alte Drache ging kopfschüttelnd die Liste durch. Nicht etwa, weil er sie ablehnte, sondern weil er durch abwechselndes Benutzen beider Köpfe versuchte, seine Kurzsichtigkeit zu kaschieren.

Esin hasste diese Tage. Alle tausend Jahre mussten die Drachen einen Rechenschaftsbericht vorlegen. Nun war es wieder einmal so weit.

Langweiliger Bürokram!

"300048575 Perlenketten ...", der alte Drache sah auf.

"Wieviel von dem Mist ist denn noch da draußen?"

"Viele, denk ich. Aber solange uns die Menschen nicht sehen dürfen, ist das schwierig zu sagen. Früher war alles viel einfacher."

"Ja, früher- hör auf zu jammern! 28 Prinzessinnen. Was soll das denn? Kannst du dich nicht vernünftig ernähren?"

Esin zuckte zusammen.

"Ihr glaubt nicht wirklich, dass ich solche Gerippe esse, oder? Bei diesen Damen waren die Krönchen mit Haarnadeln befestigt. Als ich sie holen wollte, hing die Frau mit dran. So war das. Glaubt doch nicht jeden Mist, den Euch die Menschen erzählen."

"A ja und dann hast du sie zu Fuß wieder nach Hause geschickt, wo sie natürlich niemals ankamen..."

Esin grinste.

"Neeeeeein," meinte er zögernd.

"Sondern?"

"Na ja, ich habe sie mit unseren Schatzhütern bekannt gemacht, den jungen Zwergenhelden ."

"Und nicht eine konnte widerstehen ..."

"Doch, eine. Die hatte sich in mich verliebt."

Er wurde ein wenig rötlich, doch das konnte der Kontrolleur in dieser Dunkelheit unmöglich sehen. Zum Glück.

"In dich verliebt? Einen Drachen, nicht mal einen zweiköpfigen, sondern einen ganz ordinären Einkopf? Das glaubst du doch selbst nicht."

Nein, er glaubte es selbst nicht, obwohl es der Wahrheit entsprach.

"Und was ist aus der nun geworden?"

"Sie hat mir die Höhle sauber gehalten, mir Essen gekocht und meine Schuppen poliert. Aber Menschen werden eben nicht sehr alt."

"Jaja," der Alte war schon beim nächsten Punkt auf der Liste.

"Apropos Kronen- die echten haben wir nun fast alle, denk ich."

"Ein paar fehlen noch, aber es werden glücklicherweise wenige neue hergestellt."

"Was ist das denn? Nabelpiercings? Kenn ich nicht. Sind die wirklich wertvoll?"

"Ja, manche. Der Schmuck hat sich verändert. Manchmal habe ich das Gefühl, die Menschen wissen von uns. Ketten, Gürtel, Kronen und Armbänder ließen sich recht leicht stehlen. Ringe und Ohrringe gingen auch noch. Aber Piercings ... eigentlich müsste man immer den ganzen Menschen mitschleppen, aber das geht natürlich nicht. Also stehlen wir sie in den Läden, wo nur irgend möglich."

Der Alte nickte. Es war ihm weitestgehend einerlei, wie seine Angestellten das Problem lösten, vorausgesetzt, es kam irgendwann zu einem Ende. Dieser ganze Schatzkram musste verschwinden, einerlei wie. Die Drachenliga, welche über die Menschen wachte, hatte vor vielen hundert Jahren festgestellt, dass diese

Sachen schädlich für sie seien, sie vom Leben abhielten.

Seitdem sammelte man den Plunder ein und versteckte ihn, so gut als nur irgend möglich.

"Wieviele Kollegen sind eigentlich in den letzten 1000 Jahren gefunden worden?"

Esin lachte.

"Haltet Ihr uns für bescheuert? Nicht einer natürlich!"

"Gewöhn dir diese Menschenmodeworte ab. Ich habe Gerüchte gehört."

"Glaubt doch nicht alles, was die Zeitungen und Märchenbücher der Menschen schreiben. Sie geben an. Mehr nicht."

"Aha. Also besonders bei den Ringen und Ketten müsst ihr, denke ich, mehr Initiative zeigen. Dort stehlen wir weniger als neu hergestellt wird, stelle ich fest."

Esin seufzte:

"Was ist mit meinem Urlaub? Der Antrag liegt seit 456 Jahren auf Eurem Tisch."

"Abgelehnt. Du kennst unsere personelle Situation und die Auflagen, die wir seit einigen hundert Jahren haben. Das schaffen wir nicht, wenn ihr irgendwo im Universum herumfaulenzt."

Warum erstaunte ihn das nicht?

"Ich werde eine Gewerkschaft gründen. Über 1000 Jahre ohne ein einziges Wochenende, einen einzigen Tag Urlaub- das ist Ausbeutung."
Der alte Drache bleckte seine 243 verbliebenen Zähne.
"Aha. Und was soll das bringen? Soll ich euch entlassen? Mach dich doch nicht lächerlich."
Esin seufzte - er hatte Recht.
"Kommen wir zum letzten Punkt- Nachwuchs. Du bist jetzt der vierte Drache, den ich besuche und nirgendwo sind Eier verzeichnet."
"Wann denn? Wir sind immer unterwegs, wo es gerade dunkel ist und versuchen dieses Gerümpel zusammen zu lesen. Da bleibt keine Zeit für Brutpflege, ganz abgesehen davon - wo findet man heute noch eine ordentliche Drachenfrau? Die wollen keine Eier mehr legen, die wollen genau so arbeiten wie wir. Ihr unterstützt das ja noch. Und anspruchsvoll sind die geworden! Unter drei Köpfen geht schon mal gar nichts und die Augen sollten mindestens Unter-tassengröße haben. Natürlich muss man eine Unterkunft mit saftigen Wiesen und Wäldern voller Beeren seine Heimstatt nennen, denn womöglich ein paar hundert Kilometer fliegen fürs Essen darf man den Damen auch nicht mehr zumuten. Früher war das viel einfacher."

"Du sprichst mir aus der Seele, Esin, aber mit Klagen erreichen wir gar nichts. Also gut!"
Er setzet seine Unterschrift unter die Abrechnung.
"Alles in Allem liegen wir ganz gut im Rennen, denke ich. Du bekommst von Deinen 10 Jahren ausstehendem Urlaub 14 Tage, um dich nach einer Braut umzusehen und ein wenig zu erholen. Bei der nächsten Abrechnung erwarte ich dann hier drei bis vier gesunde junge Drachen. Soweit alles klar?"
"Aber wie soll ich denn ...?"
"Das ist mir einerlei. Frohes Schaffen!"
Damit schwang sich der Alte aus dem Höhleneingang in die Lüfte.
"Ist er weg?" fiepte es aus einer Ecke.
"Ja, komm ruhig raus, Prinzessin."
"Du wirst doch jetzt nicht wirklich losziehen und dir eine hässliche Drachenfrau suchen. Wir sind schließlich seit 300 Jahren verlobt."
Esin seufzte:
"Aber du kannst keine Eier legen. Sieh es doch mal von der praktischen Seite. Wenn wir hier ein paar Jungdrachen haben, die mitarbeiten, habe ich mehr Zeit für dich..."
Die Prinzessin stampfte wütend mit dem Fuß auf:

"Und dafür habe ich mich von meinen Eltern getrennt? Dafür habe ich mich von dieser ekelhaften Fledermaus beißen lassen? Der Biss tut immer noch weh. Und nun das ... "

Esin wusste, jetzt musste er sie in Ruhe lassen. Sie würde sich schon wieder beruhigen. In Berlin war es gerade dunkel- er würde mal losfliegen. Vielleicht konnte er heute das Diamantcollier stehlen, dass er vor Kurzem gesehen hatte. Das könnte ihr gefallen. Der Alte musste nicht alles wissen.

Foto: ©Pzev/Photocase.com

Heiligabend

13.00 Uhr

Endlich Feierabend! Der letzte Arbeitstag vor
dem Fest ist zu Ende.
Im Hausflur durftet es schon nach Räucher-
kerzchen.
Gleich an der Tür begrüßt mich meine Katze:
„Ja, Miez, dieses Weihnachten feiern wir nun
wohl allein, nicht?"
Aber was ist das? Dicke Tropfen hängen an der
Flurdecke. Der Boden vor mir ist ein richtiger
Swimmingpool, aus dem sich Mijuu auf das
Telefonschränkchen neben der Tür gerettet hat.
Im Eiltempo renne ich die Treppe hinauf und
klingle bei ... ja verflixt, wie heißen die denn?
Natürlich öffnet niemand. Das war zu erwarten,
sonst hätten sie von der Überschwemmung
etwas gemerkt.

Der Havariedienst, den ich als nächstes verständige, hat wohl auch schon frei. Erst in einer Stunde kann jemand bei uns sein.

Wo bekomme ich Gummistiefel her, um wenigstens in die Stube staken zu können?

Es klingelt. Da war der Havariedienst aber diesmal wirklich schnell. Patsch, patsch, patsch, mit vier Schritten zur Wohnungstür:

„Guten Tag! Ich ... Wer sind Sie denn?"

Ein älterer Herr, keinesfalls Klempner, in seinem altmodischen, aber schicken grauen Anzug und der Aktentasche unter dem Arm, schaut mich, fast amüsiert, mit leicht geneigtem Kopf an.

„Schreiter mein Name, ich wohne über Ihnen."

„Ach so, dann hat sich das Problem wohl erledigt?"

„Nein, leider nicht, sehen Sie selbst!"

Patsch, patsch, patsch ... im ganzen Hausflur hinterlasse ich eine Fährte wie ein Flusspferd. Vor der Tür meines Obermieters wird mir das Ausmaß der Katastrophe klar. Nur die hohe Türschwelle hat verhindert, dass das Wasser aus der Wohnung lief.

„Ich mag gar nicht schauen, wie es drinnen aussieht, ich komme gerade von einer Dienstreise zurück."

„Dann sitzt der Übeltäter wohl noch ein wenig höher, denke ich."

In dem Moment ertönt ein Schreien in den oberen Etagen:

„Machen Sie die Tür auf, verdammt! Ich weiß, dass Sie da sind. Das ganze Haus säuft ab und Sie pennen oder was?"

Herr Schreiter sieht mich an und ich merke, dass er, wie ich auch, bei allem Pech ein Lächeln unterdrücken muss:

„Ich glaube, wir können eine Etage überspringen, oder?"

„Scheint so."

Im Laufschritt legen wir die beiden Treppen zurück, stellen im Vorbeihasten fest, dass die Tür im nächsten Stockwerk sperrangelweit offen steht und Wasser von der Decke tropft.

Eine Etage höher steht eine junge Frau, in verwaschenen Jeans und Rollkragenpullover und flucht.

„Das darf ja wohl nicht wahr sein! Machen Sie doch auf!"

„Hallo, junge Frau!"

„He, Oldies, macht Euch rar oder helft mir. Bei mir in der Wohnung ist Überflutung und hier macht keiner auf. Dabei weiß ich, dass die Alte da ist. Sie geht nie weg."

Die Oldies nehme ich ihr weniger übel, gemessen an ihr, sind wir das wohl, aber die „Alte" hat gesessen.

„Nun aber mal langsam, junge Frau. Wir wohnen beide unter Ihnen und unsere Wohnungen sehen nicht viel besser aus. Sind Sie sicher, dass das Wasser nicht aus der obersten Etage kommt?"

„Ja. Da habe ich nachgefragt, dort ist alles trocken. Es ist die alte Frau Gerber. Es passiert dauernd etwas. Mal vergisst sie, den Herd auszuschalten und das verbrannte Essen stinkt durch das ganze Haus, dann klettert ihre Katze in meinen Balkon. Langsam hab ich es satt."

Mein Obermieter hat die ganze Zeit schweigend zugehört. Seinen Augen ist anzusehen, dass ihn diese Ausdrucksweise ärgert.

„Hören Sie, so kommen wir nicht weiter. Der Havariedienst ist schon unterwegs, der wird das Problem mit dem Wasser wohl klären. Jetzt stellt sich allerdings die Frage, was mit Frau Gerber ist. Vielleicht ist sie ja verunglückt und liegt in der Wohnung?"

Beschämt blickt die junge Frau ihn an:

„Daran habe ich gar nicht gedacht. Es ist mir so peinlich. Wissen Sie, ich arbeite außerhalb und komme nur am Wochenende herüber und dann finde ich so was ... und dabei bekomme ich doch heute Besuch."

Fast stehen ihr die Tränen in den Augen. Das scheint ja ein wichtiger Besuch zu sein.

Mein Obermieter meint begütigend:

„ Na ja, Ihre Aufregung ist verständlich. Aber was machen wir denn nun?"

„Vielleicht weiß ihre Nachbarin etwas. Sie haben sich öfter vor den Briefkästen unterhalten. Ob wir mal klingeln? Übrigens, ich heiße Carla."

Als hätte sie auf unser Stichwort gewartet, öffnet sich die Tür gegenüber:

„Wollen Sie zu Frau Gerber? Die ist aber nicht da, ihre Tochter musste sie vor zwei Tagen ins Krankenhaus bringen."

„Tja, dann wird uns nichts weiter übrigbleiben, als auf den Havariedienst zu warten."

„Was ist denn passiert?"

In aller Kürze schildern wir das Problem. Schließlich nickt die Frau und ruft zurück in die Wohnung:

„Eduard" Könntest Du wohl bitte mal den Schlüssel von Marthas Wohnung bringen? Bei ihr läuft Wasser aus."

Dann wendet sie sich wieder uns zu und erklärt.

„Die Tochter hat mir einen Schlüssel dagelassen. Als ob sie es geahnt hätte."

Ein Mann um die 50 in verbeultem Jogging-
anzug und mit strubbeligem Haar kommt an die
Tür:
„Was ist denn hier los?"
Wir beginnen alle vier gleichzeitig zu reden,
brechen dann lachend ab. Schließlich fasst Carla
die Sache zusammen.
„Ach du Heimatland! Na dann schauen wir
doch mal nach."
Als wir die Tür öffnen schlägt uns Wasserdunst
entgegen. Der dicke Teppichboden ist
klatschnass.
Im Bad schießt aus einem Loch, an dem sich
wohl einmal der Wasserhahn befunden hat, eine
funkelnde Fontaine.
In dem Moment fällt mir der Havariedienst
wieder an. Der müsste inzwischen da sein.
Während Herr Schreiter und Carla zum
Wasserabsperrhahn schwimmen, laufe ich die
Treppe hinunter.
Richtig steht vor meiner Tür bereits ein junger
Mann im Arbeitsanzug. Er schaut an mir
herunter, grinst, und meint:
„Wenn mich meine Ohren nicht täuschen, sind
Sie Frau Mücklich."
Seinem Blick, meine nassen Hosenbeine
hinunter, folgend muss ich lachen:

„Stimmt, das war wohl wirklich nicht schwer zu erraten. Es tut mir leid, dass Sie warten mussten."

„Keine Ursache, ich bin gerade erst gekommen. Haben Sie schon herausgefunden, woher das Wasser kommt?"

Nach einer kurzen Erklärung bringe ich ihn in die Wohnung der alten Dame, wo noch immer alle Beteiligten zusammenstehen und diskutieren.

Mit einem Blick erfasst er die Situation.

„Na ja, das geht ja mal noch."

Ein dreifaches Seufzen antwortet ihm.

„Wir können also dann erst einmal unsere Wohnungen trockenlegen?" vergewissere ich mich.

„Natürlich. Hoffentlich haben Sie trotzdem noch ein paar schöne Feiertage."

17.00Uhr

Die gröbsten Schäden sind beseitigt, auch wenn es noch immer ein wenig nachläuft. Völlig erledigt sitze ich mit meiner Katze auf der Bank, die normalerweise auf meinen Balkon gehört und versuche zu lesen. Das Fenster steht offen, damit die Feuchtigkeit abzieht. Ein Glück, dass es heuer nicht so kalt ist.

Ich kann mich nicht konzentrieren. Es klingelt.

Vor der Tür steht ein ziemlich zerknirschter, aber lachender Herr Schreiter:

„Sagen Sie, ich will ja nicht neugierig sein, aber … ist Ihre Kaffeebüchse wasserdicht?"

„Ob meine … was?"

„Na ja …"

Er hält mir eine völlig durchweichte Pappdose unter die Nase:

„Ich wollte fragen, ob Sie mir wohl ein wenig Kaffee leihen können."

„Mit oder ohne Wasser drin?"

„Wie bitte?"

„Ich habe gerade erst frischen aufgebrüht, wenn Sie möchten, können Sie gern eine Tasse haben."

„Aber störe ich nicht?"

„Wieso denn? Meine Kinder kommen erst übermorgen mit ihren Familien und Freunde habe ich hier noch keine. Kommen Sie ruhig herein."

„Dann sind Sie heute ja auch allein. Meine Frau ist vor einem Jahr gestorben, ich habe mich immer noch nicht recht an die leere Wohnung gewöhnt. Kinder hatten wir keine und die Freunde feiern mit ihren eigenen Familien."

21.00 Uhr

„Helmut, möchtest du noch ein Glas Wein?"
„Nein, danke Carla, ich bin schon ganz betütert."
„Bedenkt man den Anfang des Tages, verlief der Heiligabend doch noch ganz gut, findet ihr nicht?"
Helmut und ich schauen uns an.
„Ja. Eigentlich ein Glück, dass ich meinen Kaffee schwarz trinke und Helmut die Milchkanne offen in der Wohnung stehen hatte, sonst wärst du gar nicht hier ..."
„Ach, ich bin ganz froh darüber. Wäre ein trauriger Feiertag geworden, nachdem mein Freund mich versetzt hat.
Helmut nickt:
„Schon komisch. Da lebt man Tag für Tag im gleichen Haus und dann muss man sagen, es sei Glück, sich kennen gelernt zu haben."

Foto: ©Twingo/Pixelio.de

Missverständlich

Jedes Jahr, vor seinem Geburtstag, begann mein Freund Stephan, sich über die Einfallslosigkeit von Freunden und Verwandten zu ärgern und darüber ellenlange Vorträge zu halten.

In seiner Schrankwand häuften sich Duftlampen und Wachstöcke exorbitanter Hässlichkeit,. er hatte scheinbar immer Pralinen im Haus, die meist eben so teuer wie eklig waren. Den Rest des jährlichen Geschenkebergs teilten sich Geld und CDs, die wohl jahrelang als Ladenhüter darauf gewartet hatten, dass jemand seine Schwiegermutter oder die Nachbarn vertreiben wolle.

Dieses Jahr nun glaubte er, die Lösung des Problems gefunden zu haben.

Er schrieb eine kurze Rundmail, folgenden Wortlauts, über die ich mich köstlich amüsierte:

"Ich möchte euch die Mühe ersparen, wieder nachdenken zu müssen, welches Geschenk ihr mir an meinem Geburtag macht. Ich bräuchte ganz dringend einen schwarzen Büstenhalter."

Leider ergab sich für mich vorerst keine Gelegenheit, meinen Freund zu fragen, welchen Ausgang sein Experiment genommen habe.

Erst lang nach dem großen Tag traf ich ihn wieder, in seiner Wohnung, in welcher, nach meinem Gefühl, ein paar Duftlampen mehr standen als bei meinem letzten Besuch.

"Hat wohl nicht so richtig geklappt?" fragte ich grinsend, während er, süffisant lächelnd, eine Schachtel mit Edelbittterpralinen zwischen uns auf dem Tisch platzierte. Mit Chilli ... Die würde er selbst essen dürfen. Erst dann begann er zu erzählen:

Zunächst einmal - passierte gar nichts. Ich nehme an, die meisten waren einfach vor den Kopf geschlagen von meinem Ansinnen.

Dann rief mich mein bester Freund Werner an:

"Du ... ich meine ... ist ja deine Sache, worauf du stehst - aber das so laut raus zu posaunen? Ob das klug ist? Stell dir vor, der Chef erfährt das hintenrum?"

Ich stellte auf Durchzug und Nichtverstehen und legte auf. Der würde mir also schon mal wieder ein Paar Socken schenken ...

Als nächstes war meine Mutter dran:

"Junge, sag doch, wenn du in Geldschwierigkeiten bist und Erika nichts schenken kannst. Vater und ich helfen doch. Dazu mußt du nicht ..."

Den Rest überhörte ich. Aus der Ecke würde ich Geld bekommen.

So ging das weiter. Einige Freunde meldeten sich, vermutlich schockiert, überhaupt nicht, andere taten, als hätten sie meine Mail nicht erhalten.

Selbstredend hatte ich die Geburtstagsfeier aus gegebenem Anlass, richtig pompös geplant, mit Gaststätte, Wein, fein essen und allem Schnickschnack. Du weiß ja - ich habe eine Vorliebe für große Auftritte.

Schließlich, mitten in der Geburtagsfeier, klickte ich mit dem Löffel ans Glas, das hatte mir schon in Filmen immer so gut gefallen, für eine kurze Ansprache.

"Liebe Freunde und Verwandte! Ich stelle auch dieses Jahr, wie schon so oft, fest, dass ihr lieber Dinge schenkt, die nichts über euch sagen und mir auch nichts nutzen. So werde ich also morgen selbst in ein Kunstgeschäft gehen und versuchen, einen schwarzen Büstenhalter für meine inniggeliebte Beethovenbüste zu erstehen, die leider zu niedrig ist, um auf dem Klavier wirklich zur Geltung zu kommen. Schade."

Die Stille danach hätte man mit dem Messer schneiden können. Ich dachte nur noch eins: "Lacht wenigstens über euch ..."

Übrigens habe ich Stephan   sein Geburtstags-
geschenk beim Abschied stillschweigend auf die
Flurgarderobe gelegt.
Einen schwarzen BH ... mit Spitzen.

Foto: ©Barbara42/Pixelio.de

Das Uhrmännchen

In meinem Schlafzimmer hängt eine alte Uhr. Sie hat kein Schlagwerk, sondern obenauf sind eine kleine Glocke und ein Männchen aus Zinn mit einem Hammer, das die Glocke alle halbe und volle Stunde anschlägt.

Normalerweise bin ich so daran gewöhnt, dass ich die Schläge gar nicht höre.

Doch neulich hatte ich am frühen Morgen einen Termin, wollte einmal zeitiger ins Bett gehen und, wie du das ja sicher kennst, konnte nicht einschlafen. So nahm ich also ganz bewusst wahr, wie es halb 11 schlug und 11 Uhr und halb 12 und dann ... ja, dann passierte eben gar nichts mehr.

Zunächst nahm ich an, mein Zeitgefühl wäre durcheinander. Schließlich jedoch wurde ich neugierig und machte das Licht an. Na das gibt es ja wohl nicht!

Es war richtig schon Viertel nach Mitternacht. Der kleine Mann saß beineschaukelnd auf dem vorderen Rand der Uhr und der kleine Hammer lag achtlos neben der Glocke.

Was war das denn?

"Sag mal, Kleiner, hast Du schon mal auf die Uhr geschaut?"

Er beugte sich nach vorn, dass ich schon Angst hatte, er könne herunterfallen und meinte dann, eher gelassen:

"Es ist Viertel nach Mitternacht, hab noch eine Viertelstunde Pause."

Das war ja eine schöne Bescherung.

"Wie oft machst du das eigentlich?"

"Nicht oft, nur immer von halb nach elf bis halb nach zwölf."

Langsam wurde mir die Sache ulkig.

"Irgendwann stehe ich dann morgens auf, du bist weg und auf der Uhr steht nur ein Schild: Urlaub bis ... oder?"

Von oben tönte ein helles Lachen:

"Drüber nachgedacht hab ich schon mal, aber wohin sollte ich schon fahren? Und was die Pause angeht, mittags bist du einkaufen, nachts schläfst du. Das fällt dir doch gar nicht auf, oder?"

Ganz Unrecht hatte er da natürlich nicht.

Nun war ich auf jeden Fall vollends wach.

"Was meinst du, hast du nicht Lust, mit mir eine Tasse Kaffee zu trinken? Schließlich ist Weihnachten und da darf man Pausen schon ein wenig verlängern."

"Kaffee? Ist das das Zeug, was auf einem Frühstückstisch immer so gut duftet? Du musst nämlich wissen, ich hing viele Jahre in einer

Stube, genau über dem Esstisch." Bevor er beginnen konnte, mir die Lebensgeschichte seine Uhrhauses zu erzählen, langte ich den kleinen Freund da herunter und nahm ihn mit, um ihn auf dem Stubentisch abzusetzen.

Er begann sofort, sich um zu sehen, lugte unter die Tischdecke, inspizierte das Buch, das dort lag.

"Sag mal, wie heißt du eigentlich?"

"Also einen Namen hat mir noch niemand gegeben."

"Wie wäre es mit Carlo?"

"Ach nicht doch, das ist ein Name für einen Kater. Aber Karl wäre nicht schlecht, das könnte mir gefallen."

So weit, so gut. Nun war guter Rat teuer. Selbst ein Fingerhut hätte für Karl ja die Größe eines 10- Liter- Eimers gehabt.

Während er die auf dem Tisch stehende Weihnachtspyramide genauer in Augenschein nahm, machte ich die Kaffeemaschine fertig und versuchte zwischendurch nachzudenken. Was sollte ich bloß als Kaffeetasse nehmen?

Schließlich fiel mir die alte Puppenstube meiner Tochter ein. Und richtig, dort befand sich noch ein komplettes kleines Gedeck. Ein wenig gewaltig war das für das Uhrmännchen zwar trotzdem, aber es würde gehen.

Und sogar ein Stollenkrümel hatte ich noch für ihn.

Als ich zurück ins Wohnzimmer kam, saß er im Schneidersitz vor der Pyramide:

"Sag mal, was ist das?"

Tja, wie sollte man das wohl erklären? Ich stellte meinen Mitternachtsimbiss ab, über den er sich auch gleich hermachte.

"Möchtest du es sehen?"

Ohne seine Antwort abzuwarten, zündete ich die Kerzen an und machte das große Deckenlicht aus. Das Bild war wirklich herzallerliebst. Sobald sich die kleinen Rehe und Bäume zu drehen begannen, ließ Karl sein Essen stehen, lehnte sich an eine der Säulen der Pyramide und sah zu.

"Das ist schön," meinte er mit verklärten Augen.

So stand er, während ich meinen Kaffee austrank, bis die Kerzen heruntergebrannt waren.

"Du, Karl, nun bin ich aber doch endlich müde. Schläfst du nicht auch manchmal?"

Er dachte nach:

"Nein, bisher eigentlich nicht. Aber ich könnte es versuchen."

Also holte ich, während er weiter die kleinen Figuren beobachtete auch noch das Bett aus Lydias Puppenstube und stellte es auf meinen Nachttisch.

"Na komm, gehn wir schlafen!"
Er ließ sich in das kleine Bett tragen, deckte sich mit einem Taschentuch zu, dass ich noch herausgesucht hatte und meinte, fast schon im Hinüberdämmern:
"Das war die schönste Pause meines Lebens."
Nachdem ich noch die Kerzen gelöscht hatte, lag ich kaum im Bett, war ich bereits eingeschlafen.
Am Morgen wurde ich von den ersten Wintersonnenstrahlen wach, die durchs Fenster fielen und dachte sofort an Karl. Wie kann man bloß solchen Unfug träumen!
Du wirst dir meine Überraschung vorstellen können, als wirklich das kleine Puppenbett auf dem Schrank neben meinem Bett stand und in der Stube noch die kleine Tasse mit einem Rest Kaffee. Alle Kerzen der Pyramide waren heruntergebrannt.
Kaum hatte ich mich von der Überraschung erholt, hörte ich von drüben die Uhr schlagen. ... acht, neun, zehn, elf, zwölf ... Mein Sohn kam ganz verknüllt aus dem Bett und meinte:
"Du musst deine Uhr mal wieder stellen, die schlägt ja wie sie will, es ist doch erst 7."
Der Tag war wunderschön und ich vergaß die ganze Sache. Erst gegen Mitternacht kam ich wieder in mein Schlafzimmer. Jetzt war ich ja

wirklich neugierig. Der große Zeiger rückte auf die 12 ...

10, 11, 12 ... Es war richtig enttäuschend. Dann schaute ich noch einmal hin, bevor ich das Licht löschte und ich könnte wetten, dass Karl mir zugeblinzelt hat ...

Foto: ©Angelika Lutz/Pixelio.de

Der Schneemann

Tiefverschneit liegt der Wald in den letzten Strahlen der matten Wintersonne. Schnee schimmert auf den Zweigen der Fichten wie Kristall.

Früher Nachtfrost zaubert uns rote Nasen.

Ich weiß nicht mehr, wer von uns Beiden auf die Spinnstwohlidee kam, einen Schneemann zu bauen. Die wenigen Spaziergänger, die den schmalen Weg entlang kommen, sehen uns zu und lachen darüber, wie zwei Erwachsene im Schweisse ihres Angesichts Schneekugeln rollen.

Er muss wunderschön werden, schließlich wollen wir uns vor unseren Enkeln nicht blamieren.

Lange schon liegen die Handschuhe irgendwo auf einem Baumstumpf, dessen ehemaliger Besitzer jetzt wohl auf dem Weihnachtsmarkt in einer großen Stadt Wärme verstrahlt.

Wie früher als Kinder, so müssen wir auch diesmal gemeinsam anfassen, um die Kugeln aufeinander zu setzen.Wie damals haben wir ihr Gewicht unterschätzt. Du setzt ihm den Hut auf, Kohlestücke für Augen, Mund und Knöpfe, und auch der alte Schal, steht ihm wunderbar. Lachend sehe ich zu, wie du ihm mit Begeisterung den letzten Schliff verpasst.

"Wir haben die Nase vergessen. Die Möhre liegt noch daheim auf dem Küchentisch!"

Ich muss lachen.

"Wir haben sie nicht vergessen, Schatz."

Du siehst an mir herunter, eigentlich nur zur Bestätigung dessen, was du ohnehin schon weisst. Weder mein Mantel, noch mein Wollkleid hat Taschen. Deinen fragenden Gesichtsausdruck sollte man prämieren.

"Wir haben sie nicht vergessen", wiederhole ich noch ein Mal lächelnd.

"Nein?"

Herrlich.

"Nein. Du musst sie nur holen."

Foto: ©Bessy/Photocase.com

Christnacht

Es war einmal, irgendwann in der Weih-
nachtszeit, da saß eine alte Frau am Fenster
ihres kleinen Hauses und strickte.
Zu ihren Füßen zusammengerollt lag ein
Kätzchen und das kleine Enkelkind spielte mit
schimmernden Murmeln auf dem zerschlis-
senen Teppich.
Es war kühl im Zimmer, man musste mit dem
Holz sparen, der Verwalter hatte der armen
Witwe nicht sehr viel zugestanden in diesem
Jahr.
Draußen fielen dicken Schneeflocken vom
Himmel. Die Kirchenglocken läuteten. Schon
seit dem Tod ihrer Tochter war die alte Frau
nicht mehr in der Kirche gewesen.
Sie haderte mit Gott und ihrem Schicksal, das
das Leben des kleinen Jungen in ihre alters-
schwachen Hände gelegt hatte.
"Großmutter, schaut uns Mama jetzt vom
Himmel zu?"

Die Alte sah aus dem Fenster, sah die Menschen zurück in die Wärme ihrer Häuser stapfen, die kleinen Lichter in den Fenstern ...

"Ich weiß es nicht, Jantschi."

Der Kleine dachte angestrengt nach.

"Aber wenn sie herunterschaut, kann sie uns doch gar nicht sehen. Wir haben doch kein Weihnachtslicht an."

"Tote brauchen keine Lichter, sie sehen auch im Dunklen."

Eine hochgewachsene Gestallt stapfte durch den Garten aufs Haus zu. Wer mochte das sein? Der Pfarrer? Der hatte sie wohl schon lang vergessen.

Es klopfte hart an der Tür:

"Ists erlaubt einzutreten, Muhme Moll?"

Die Stimme kannte die Alte nicht.

"Immer herein!"

Der Bub hatte sein Spielzeug weggelegt und blickte erwartungsvoll zur Tür, selbst der Kater war erwacht und spitzte die Ohren.

In einem Wirbel frischer Luft und einiger Schneeflocken kam der Gast herein. Er mochte um die 40 Lebensjahre haben, erste graue Strähnen durchzogen seinen dunklen wilden Schopf und das männlich- herbe Gesicht hatte mehr Falten, als es seinem Alter zukam.

"Frohe Christnacht ihr Beiden...!"

Das Lächeln machte den Unbekannten schön-Jantschi lief mit der Vertrauensseeligkeit von Kindern auf ihn zu, ließ sich in seinen Armen auffangen und durch die Luft wirbeln.

"Wer seid Ihr Herr? Woher kennt Ihr uns?"

Das dunkle Lachen verzauberte den Raum, machte ihn fröhlich.

"Ihr kennt mich wirklich nicht mehr, Muhme Moll? Dabei hab ich Euch doch die ersten grauen Haare gekostet..."

Zögernd regte sich eine Erinnerung.

"Der Andres!!! Guter Gott im Himmel, der Andres...!"

"Ja, bin großgeworden, nicht mehr der kleine Bub, der mit deiner Marika aufgewachsen ist und dem du mehr Flicken auf den Hosenhintern genäht hast, als es gebraucht hätte, eine neue Hose zu nähen."

Die Alte wurde still:

"Marika ist nicht mehr. Sie ist gestorben, schon lang. Nur der Jantschi ist übrig."

Ein Engel ging durchs Zimmer, so still war es einen Moment.

"Ich weiß, Muhme Moll. Aber nun macht doch ein Lichterl an, damit ich Euch richtig sehen kann. Außerdem hab ich wohl drauß gesehen, dass das Christkinderl was für Euch verloren hat."

"Ach, das Christkind hat keine Zeit für uns."
Der Mann langte um die Tür und zog einen großen Sack herein.
"Ich glaub doch, Muhme, Ihr schauts ja gar nie nach!"
Er zauberte Äpfel und Nüsse und eine Joppe und Schuhe, ein Holzpferdchen für Jantschi und ein Umschlagtuch für die alte Frau hervor.
Es war Weihnachten ...
Die kleine Kerze zauberte einen goldenen Schimmer über die Szene, selbst das Feuer im Ofen schien auf einmal heller zu brennen und nie hatte das Weihnachtsbrot so gut geschmeckt wie in dieser Nacht.
Längst waren die Lichter in den Fenstern der Nachbarn erloschen, die kleine Kirche schlug Mitternacht:
"Ich muss gehen, Muhme. Ein gesegnetes Christfest für Euch."
Eine feste Umarmung und der Mann stapfte durch den Schnee wieder davon.
Der kleine Junge war auf dem Boden einge-schlafen, die alte Frau trug ihn ins Kämmerchen zu Bett.
"Der Andres", murmelte sie leise vor sich hin.
Dann ging sie zurück in die Stube, die Kerze zu löschen. Erst jetzt fiel ihr auf, dass der kleine Stummel in all den Stunden nicht kürzer

geworden zu sein schien. Sie ging zu der alten Anrichte und nahm ein verblasstes Foto herunter, das neben dem ihrer Tochter gestanden hatte, auch mit schwarzem Flor geschmückt.

"Der Andres ... zehn Jahre ist er nun schon tot."

Dann nahm sie das Lichtlein vom Tisch und trug es auf das steinerne Fensterbrett der Schlafkammer.

"Hast recht, Jantschi ... sie sollen uns sehen, wenn sie vom Himmel herunterschauen."

Foto: ©Day-walker/Photocase.com

Die Blumenfee

Es geschah einmal, vor langer, langer Zeit, am Ende einer klaren Sommernacht, da schlüpfte aus einer Lilie, die sich im Morgenlicht öffnete eine kleine Blumenfee. Das zierliche, durchscheinende Wesen streckte seine Flügel und begann seine Reise über die Welt.
Sie hatte nicht viel mitzunehmen, nur einen einzigen kleinen Zauberspruch. Aber in ihren Gedanken malte sie sich aus, damit etwas ganz Großes, ganz Einzigartiges zu tun.
Nach langer, langer Zeit kam unsere Fee in ein Dorf. Es war ein schöner Ort, mit roten Ziegeldächern, kleinen Vorgärten und Blumen vor den Fenstern.
"Ach", seufzte sie: "Die Menschen hier werden wohl sicher keine Wünsche haben..."
Da sah sie auf dem Feld einen Bauern hinter seinem Pflug gehen.
"Hallo, du, Bauer, hast du einen Wunsch?"

Nun damals glaubten die Menschen noch an Wunder und so dachte der Mann nur kurz nach und meinte dann:

"Könntest du mein Haus größer und schöner machen als das meines Nachbarn, der mich immer beschimpft?"

Die kleine Fee dachte nach. Ein Feenzauber darf nichts Schlechtes bewirken.

Aber aus diesem würden Zank und Streit enstehen. So schüttelte sie traurig den Kopf:

"Nein, das kann ich nicht."

Da wurde der Bauer zornig:

"Was fragst du dann erst, wenn du doch nichts kannst? Scher dich weg, ich muss arbeiten."

"Was für ein böser Mann", dachte die kleine Fee und flog weiter.

Am Bachrand saß ein junges Mädchen und träumte. Und wieder fragte die Fee:

"Hast Du einen Wunsch?"

Das Mädchen dachte kurz nach und meinte:

"Sag, kannst du nicht machen, dass der Sohn des Schmiedes mich liebt? Sieh, ich bin doch viel hübscher und klüger als seine Braut, aber er beachtet mich nicht einmal."

Und wieder dachte die kleine Fee nach und schüttelte dann traurig den Kopf:

"Nein, das kann ich nicht."

Und auch das Mädchen wandte sich wütend ab von ihr.

So verging Stunde für Stunde und Tag für Tag. Blumengeschöpfe haben kein so langes Leben wie wir Menschen, nur einen Sommer währt es. So wurde unsere Fee alt und auch müde. Doch wo immer sie hinkam, immer musste sie die Wünsche der Menschen ablehnen:

"Nein, das kann ich nicht tun."

Und überall jagte man sie fort.

Schließlich sah sie an einem Feldrain einen kleinen Jungen sitzen und weinen. Vor ihm auf der Erde lag ein toter Vogel. Die Fee kniete sich neben ihn und sagte leise:

"Du, Junge, kann ich dir einen Wunsch e erfüllen?"

Er schaute sie mit großen Tränenaugen an, dann den Vogel, dann wieder die Fee und meinte:

"Kannst Du ihn wieder lebendig machen? Kannst Du machen, dass er wieder fliegt und singt?"

Nein, das konnte auch die kleine Fee nicht. Traurig schüttelte sie den Kopf und wollte weiterziehen. Da blickte der Junge auf:

"He, du, warum läufst du denn weg? Sei doch nicht traurig, schau, ich kann den Vogel doch auch nicht lebendig machen."

Gemeinsam gruben sie ein Loch in die Erde, legten Moos hinein und den kleinen Vogel darauf und als die Erde ihn bedeckte, pflanzten sie eine Glockenblume auf das Grab.

Da meinte der Junge:

"Fee, habe ich noch immer einen Wunsch frei?"

"Versuch es", meinte die kleine Frau.

"An einem Grab muss man ein Lied singen. Kannst du ein Lied singen?"

Die Blumenfee dachte nach. Das war ja kein Wunsch, dafür brauchte man keinen Zauberspruch. Und sie sang. Mit jedem Ton wurde sie durchscheinender, verschwand in der zarten blauen Blüte auf dem Grab des Vogels und ihr letzter Gedanke war:

"Nun habe ich doch nichts Großes bewirken können."

Foto: ©Mathias the dread/Photocase.com

Es regnet Eiscreme

Gestern, ich wollte gerade in die Kaufhalle gehen, mir frische Brötchen holen, bremste mich mein Nachbar, Herr Quatschi, aus:
"Hallo Xelanja! Trifft man Sie auch mal wieder! Lange nicht gesehen. Ach ja, verstehe natürlich, dass Sie viel zu tun haben. Geht uns ja allen so. Aber Sie glauben ja nicht, was mir passiert ist. Manchmal fragt man sich ja wirklich, was sich die Leute so alles einreden lassen. Da kommt doch gestern dieser Herr Kleinschmidt, na Sie wissen schon, der, der immer mit der viel zu dicken Frau, Verzeihung, nein, sie müssen doch nicht gleich wütend werden, nein, das war keine Absicht, aber bitte, kommen wir doch aufs Thema zurück ... ja eben dieser Kleinschmidt, Karl Kleinschmidt, da aus dem Haus 9, der mit den lächerlich verbeulten Leinenhosen immer, na genau, Sie wissen also, wen ich meine ...
Jedenfalls spricht der mich an und berichtet mir ganz begeistert, es werde heute Eiscreme

regnen! Natürlich, Sie lachen. Kein vernünftiger Mensch würde doch sowas glauben, also wirklich!

Er habe es aus erster Quelle, seine Tochter sei doch, wie hieß das noch ... Gatziologin.

Ja, nein, also ich weiß nicht, was die Kopfbehaarung mit Eiscreme zu tun hat, weiß ich wirklich nicht.

O ja, ja, die Sache mit dem Regen also. Natürlich ist das Unsinn. Wo gibts denn sowas? Eiscremeregen! Eigentlich wollte ich ihn ja zuerst mal noch fragen, in welcher Geschmacksrichtung und ob vielleicht in einigen Gebieten auch die Chance bestünde, so mit Schlagsahne, oder Früchten ...

Ich meine, ich habe ja nun noch zwölf Tage Urlaub und wenn vielleicht gerade am Meer ... also ich denke, da kann man ja im Grunde genommen nichts verkehrt machen, auch wenn es dann, wie sich ja jeder vernünftige Mensch an fünf Fingern abzählen kann, nichts wird mit dem Eiscremesegen.

Ob ich Eis mag? Nein, aber ich doch nicht, wo denken Sie denn hin? Also schauen Sie, ich bin doch nun nicht normalgewichtig 40 geworden, damit ich mir das dann mit Kalorienbomben verderbe, also wissen Sie, ein Mensch, der ein gewisses Niveau sein eigen nennt, wird doch niiiiiemals, niiiemals um des schnöden Genusses Willen riskieren, womöglich an einer Krankheit oder versagendem Kreislauf zu sterben, wirklich, undenkbar. Aber schon meiner Frau zuliebe würde ich ... obwohl es natürlich hirnrissig wäre, doch was tut man nicht alles für seine Angebetete?! O danke, danke der Nachfrage, ja, es geht ihr gut, ja, der Hauskreis für paranoide Pudel, den sie gegründet hat, arbeitet noch, ja, natürlich. Aber darum geht es hier doch jetzt gar nicht. Es regnet keine Eiscreme, das würde Ihnen jedes Kind auf der Straße bestätigen. Glauben Sie nicht? "

Der Sohn meiner Obermieterin, 8 Jahre, hatte das Pech, gerade zu diesem Zeitpunkt an uns vorbei zu laufen.

"Also Jungchen, wenn Dir jemand erzählt, dass es nachher Eiscreme regnet, was würdest Du dann tun? Natürlich, er schaut komplett ent- setzt. Das war ja zu erwarten."

(Stimme im Hintergrund: Mamaaaaaa, Mamaaaa, nachher regnet es Eiscreme!!!)

"Jjjjja ... nun, natürlich kann diese Aussage keinesfalls repräsentativ sein, Kinder rechnen eben zu oft ihre Wünsche hoch, das liegt an der mangelhaften Bildung, wie die PISA- Studie schlagend bewiesen hat. Sie glauben ja auch noch an den Weihnachtsmann, den Osterhasen und den lieben Gott und .... o Entschuldigung, das ist mir so rausgrutscht, tut mir leid, wirklich, ehrlich, nein, ich hab nichts gegen die Kirche, nicht das Geringste, aber nein, sicher nicht.

Vermutlich ist Kleinschmidt auch davon betroffen, von PISA meine ich, schließlich ist er ja ... nein, kann nicht sein, er ist ein Jahr älter als ich. ... sicherlich höchstens auf die Hauptschule gegangen, also nicht, dass gegen Hauptschulen etwas zu sagen wäre, aber es kann selbstverständlich vorkommen, dass ein solcher Schüler dann nicht die fundamentalen Kenntnisse über das Wetter hat, um mit Sicherheit, wie ich oder natürlich Sie es tun, sagen zu können, dass es schlicht unmöglich ist, dass aus Wasserwolken Eiscreme fällt. Ja sehen Sie, Sie lachen! Also wirklich, Einfallspinsel gibt es heute, Einfaltspinsel ... es ist ein Grauen. Das musste wirklich mal... "

"Herr Quatschi! Herr Quatschi? Wo laufen Sie denn hin? Keine Angst, das ist kein Regen, das ist Joghurt! Himbeergeschmack.
Herr Quatschiiiii!"
Fort isser.

Foto: ©Cornerstone/Pixelio.de

Ein Hauch von Frieden

Von eifrigen Kinderhänden gefaltet, mit einem Gänseblümchen am höchsten Turm, begann ein Papierschiffchen an einem warmen Spätsommertag seine Reise in die große Welt.

Die silbernen Wellen trugen das kleine Gefährt rasch bachabwärts. Die Strahlen der jahresmüden Sonne fielen sanft durchs Lichtgrün des Birkenwäldchens und malten Tupfen auf das Zeitungspapier.

Saftige Grashalme hingen über seinen schimmernden Weg und brachten es, wie kleine Bootsstege, kurz zum Anhalten. Einmal fuhr ein gelber Schmetterling ein Stück mit.

Als die Sonne unterging und die Schatten der großen Bäume aufs Wasser fielen, langte das Schiffchen am Dorfbach an, wo mehrere Waldbächlein zusammenflossen. Es drehte sich einige Male um sich selbst und schwamm danach rasch auf der, nun kräftigeren, Strömung dahin. Der Mond schien auf die

Uferwiesen und Nachtvögel und Fledermäuse warfen dunkle Schatten auf das Zeitungspapier. Langsam wurde das leichte Gefährt müde. Es war nass und kalt und lag immer tiefer im Wasser. Mit einer letzten Kraftanstrengung fiel es über einen kleinen Wasserfall in den Dorfteich, wo es an der Wurzel eines großen Baumes, die weit übers Ufer ragte, hängenblieb. Vielleicht würde es die Sonne am Morgen trocknen und der warme Wind das Boot wieder flott machen, damit es seine Reise fortsetzen konnte, aber es mochte auch sein, dass es hier für immer vor Anker ging.

Und wahrscheinlich würde niemand jemals lesen, was an der Seite des Schiffchens, dort wo bei seinen großen Brüdern der Name stand, gedruckt war:

Dienstag, 11. September ...

Foto: ©Gerda B./Pixelio.de

Die Uhr

Er sitzt auf dem Designersofa in der Katalog-
wohnstube und denkt an Sex. Oder an Fußball.
Aber ersteres ist wahrscheinlicher.
Im Fernsehen läuft eine Musiksendung, bei der
sich ihm automatisch die Nackenhaare auf-
stellen.
Er zappt nicht weg. Wozu auch?
Sie sitzt in einem der Sessel, feilt sich die
Fingernägel und schaut nachdenklich auf die
Gardinen.
'Sollten mal wieder gewaschen werden, ist ja
schon zwei Wochen her.'
Die Kinder sind in der Disko oder übernachten
bei Freunden. Sie bleiben natürlich ewig die
Zöglinge, um die ihre Eltern in Sorge sind, aber
den pubertären Kampf gegen ihr eigenes
Kindseinempfinden haben sie lang gewonnen.
Die alte Uhr schlägt sieben.
Niemand hört sie, solang sie vor Politur glänzt
und friedlich vor sich hin tickt.

Vor Jahren ist sie restauriert worden. So wie sie im Bauernhaus der Großeltern hing, konnte man sie natürlich nicht weiternutzten. Jetzt ist sie wie neu, das Messing glänzt, das emaillierte Zifferblatt ist strahlend weiß und das Holz riecht nach frischem Lack.

Seitdem ist sie Inventar. Früher hat sie wohl einmal gelebt.

Foto: ©Gisela Enders/Pixelio.de

Die letzte Herausforderung

Die alte Seele musste eine Entscheidung treffen. Viele Leben hatte sie bereits gelebt, war an ihnen gereift und gewachsen. Doch noch immer schien sie das letzte Ziel nicht erreicht, die letzte Erfahrung nicht gemacht zu haben, anderenfalls würde sie nicht schon wieder hier vor dem Schicksalsrad stehen.

"Was muss ich denn nun noch mitmachen, um endlich dem Hamsterrad der Wiedergeburten zu entkommen?" schrie sie gequält auf.

"Ich war ein Mann und eine Frau, war arm, reich, blind, lahm, verzweifelt, hatte Kinder oder sehnte mich vergeblich danach, wurde alt oder starb jung , war Kriegsheld und Verbrecher, König und Bettler, Mörder und Opfer ...

Keiner Herausforderung habe ich mich verweigert, mir immer die schwersten Schicksale ausgesucht. Aber irgendwann muss es doch einmal genug sein, muss es doch ein Ende geben."

"Erst, wenn du jedes Gefühl einmal gelebt, jede Krise einmal überwunden hast," antwortete sachlich der automatische Berater.

"Und was, sag mir bitte, was fehlt mir daran nun noch?"

Auch die Computer, die über das Schicksal wachen, können nicht lächeln, aber die Modulation der Automatenstimme klang jetzt durchaus nach schmunzelndem Spott.

"Hunderte Male hast du hier gestanden, überlegt und mutig deine Entscheidung getroffen. Du hast dir die größten vorstellbaren Lasten auferlegt. Heute, dieses eine Mal, gib dem Schicksalsrad einen Schubs und lass es an deiner Stelle entscheiden."

Die alte Seele zögerte nicht lang. Nichts konnte härter sein als die Dinge, die sie bereits durchgestanden hatte.

Erde, irgendwo in Deutschland, 2008

"Egon, würdest du bitte den Mülleimer runtertragen? Was ist denn los mit dir? Du wirst immer sauertöpfischer und träger. Dabei geht es uns doch gut. Wir haben Arbeit, sind gesund, das Haus ist schuldenfrei, die Kinder fast erwachsen und gut geraten ... Die meisten Menschen würden uns um unser Glück beneiden und du stellst dich an, als sei das Leben für dich eine einzige Qual, die es durch zu stehen gelte."

Die alte Seele, die nun nicht mehr wusste, dass sie eine war, jetzt Egon, 45 Jahre, glücklich verheiratet, drei Kinder, stöhnte vor Langeweile.
Diese Lektion würde sie wiederholen müssen.
Aber zum Glück wusste das zu diesem Zeitpunkt nur ein Computer irgendwo hinter der Grenze des Lebens.

Foto: ©Tschanga/Photocase.com

Tritschtratsch

Gestern, ich wollte mich gerade zum Einkaufen schleichen, gelang es Herrn Quatschi doch glatt, mir aufzulauern. Eigentlich glaubte ich, alle seine Ecken zu kennen, doch das erwies sich als Irrtum. Begeistert stürmte er hinter einer mannshohen Zustellanlage hervor.

"Xelanja! Ich fing ja schon an zu glauben, Sie lebten nur noch von Luft und Liebe! So eine Freude aber auch, Sie wieder mal zu sehen!"

'Na toll. Jetzt nur nicht die Ruhe verlieren.'

"Ich hatte eine Menge zu tun und wenig Zeit. Was gibt es denn Neues?"

'Nein Xel, diese Frage wolltest du nicht wirklich stellen, nicht wahr?'

"Ach Sie wissen es ja noch gar nicht. Also Herr Müller-Schneidereit ..."

"Ich nehme an, sie sprechen von dem Schriftsteller, der in der 12 wohnt?"

Herr Quatschi holte schon dreimal tief Luft, deutlich böse, unterbrochen worden zu sein.

"Na ja, eben der. Also ich mag ja seine Bücher nun überhaupt nicht. Schmetterlingen Flügel annähen oder Regenbögen stricken - wer kommt denn auf sowas? Aber meine Frau, Sie wissen doch, die hat so ein sanftes Gemüt, der kann man glatt alles verkaufen. sie liest jeden Roman von ihm."

Langsam wurde ich ungeduldig.

"Ich kenne seine Bücher. Finde sie recht gut."

"Zugegeben, über Geschmack lässt sich nun mal nicht steiten, aber was ich erzählen wollte ... Der Mann kann gar nicht schreiben. Jetzt ist es rausgekommen."

Wovon redete der?

"Also die Geschichten erfindet er schon. aber er diktiert sie seiner Frau, weil er selbst keine Ahnung von Rechtschreibung und Grammatik hat. Wie finden Sie das? So kann ja jeder reich und berühmt werden, indem er andere die Arbeit machen lässt."

Ich vermied es, ihn zu fragen, wieso er selbst dann noch nicht reich und berühmt sei, das hätte die Qual nur verlängert.

"Aha. Und was bedeutet das nun? Hat sich seine Frau beschwert?"

"Natürlich nicht. Die betet ihren Gatten doch an und meint, sie tut das gern für ihn. Es mache ihr Spaß. Na hören sie mal! Wo soll die Tipperei

Spaß machen? Und Müller-Schneiderei heißt er auch nicht. Nur einfach Müller. Schneiderei ist der Mädchenname seiner Frau."

"Damit ich Sie jetzt richtig verstehe. Seine Frau hat sich nicht über die Zusammenarbeit mit ihrem Mann beschwert. Wie, um Himmelswillen, haben Sie dann überhaupt davon erfahren?"

"Ja, schauen Sie denn kein Fernsehen? Die Beiden waren doch gestern in einem Interview und da haben sie sich dann im Eifer des Gefechts verraten."

"Sie meinen, Müllers haben das nicht mit Absicht erzählt?"

"Nun, danach haben sie es natürlich so hingestellt. Man weiß ja, wie das geht."

Einer der Gründe, weshalb ich Herrn Quatschii meide ist die Tatsache, dass ich niemals weiß, welche Reaktion er auf seine Geschichten erwartet. Nun gings mir wieder so.

Glücklicherweise rief ihn seine Frau aus dem Fenster zum Essen und er machte es kurz:

"Jedenfalls drücken wir alle unsere Ablehnung aus, indem wir ihn nicht mehr grüßen. Denken sie mal darüber nach, ob Sie sich nicht anschließen. Ich muss los, meine Frau hat das Essen fertig. Rinderbraten und die leckeren Bohnen aus der Dose."

In mir macht sich Grinsen breit:
"Ach. Ihre Frau kann keine Bohnen kochen?"
Er ist sichtlich verwirrt.
"Wieso?"
"Na ja, wenn sie welche aus der Dose nimmt."
"Aber die sind doch noch gar nicht fertig, man muss Butter und Mehl ranmachen und sowas, damit sie eben so einzigartig schmecken, wie die von meiner Frau."
"Also Sie wollen mir jetzt erzählen, die Bohnen aus der Dose kann jeder haben, aber was sie einzigartig macht, ist die Kochkunst Ihrer Frau?"
Er trampelte ungeduldig von einem Bein aufs andere und redete auf mich ein, wie auf ein Kind.
"Ja natürlich. Das ist doch wohl logisch."
"Vielleicht sollte ich mir dann überlegen, ihre Frau auch nicht mehr zu grüßen?"
Verdattert blieb er stehen.
"Was? Wieso? Warum? Was hat meine Frau denn mit Herrn Müller-Schneidereit zu tun?"
Ich winkte ihm nur noch einmal grüßend zu und ließ ihn stehen.

Foto: ©Annelein/Pixelio.de

Windpferde

"Irgendwo in der Nähe des Nordpols, dort, wo er Schnee so trocken wie weißer Sand ist und zu rascheln scheint, wenn man ihn durch die Finger rinnen lässt, befindet sich der Tanzplatz der Windpferde.

365 Tage und 364 Nächte im Jahr ist er ein Stück weißes Land, das sich nicht von seiner Umgebung unterscheidet. Doch in der letzten Vollmondnacht des Jahres kommen die Winde und pusten mit vereinten Kräften das weiße Puder von der grünschimmernden Eisfläche.

Wenn dann der Mond sein klares Licht über die Welt schickt, erscheint die Eisherrin und singt den Lockruf der Windpferde.

Wie stolz sie sind! Mit ruhiger Sicherheit kommen die schneeweißen, kraftvollen Pferde des Nordens. Die schwarzen, feurigen Geschöpfe des Südens erscheinen in einer Wolke aus aufstiebendem Schnee. Grau sind die Zerstörertiere des Westens und die braunen

Hoffnungsträger des Ostens, hauchen ihren warmen Frühlingsatem in die kalte Winterluft.

Eine einzige Nacht im Jahr spielen sie, rasen über die weiße Ebene, erproben Stärke und Schnelligkeit.

Kein Mensch hat diesem Schauspiel jemals zugesehen und doch erzählen zahllose Legenden davon."

Das kleine Mädchen schaut den Großvater mit Schlafaugen an:

"Woher weißt du das? Gibt es sie wirklich?"

"Mein Großvater hat mir davon erzählt, als ich so klein war wie du. Und der hatte es von seinem Großvater ..."

"Also ist es doch nur ein Märchen?"

Sie hört die Antwort nicht mehr, ist schon ins Traumland verschwunden.

Eine Wolke aus weißen Flocken über einer grünen Wiese. Unter den Hufen des kupferfarbenen Hengstes wirbeln die Blütenblätter der Apfelbäume auf.

Das Kind sitzt auf einer Bank, singt leise vor sich hin und bemerkt seine Umgebung nicht, während es hingebungsvoll seiner Puppe ein Schlaflied summt.

Traumzauberaugen beobachten dieses Schauspiel von Frieden und Eintracht.

"Die anderen Tage des Jahres sind die Wind-
geborenen unterwegs. Überall auf der Welt. Sie
folgen ihren Vätern. Wo sie wehen, sind auch
ihre Kinder, die Pferde.
Mein Großvater erzählte mir, jeder besitze
irgendwo in seinem Kopf ein winziges Stück
des Liedes der Eisherrin. Es ist der Teil, den ein
Mensch braucht, um sein Windpferd zu rufen.
Nichts ist großartiger als die Freundschaft zu
einem solchen Geschöpf. Kinder kennen diese
Melodie noch. Sie summen sie leise vor sich
hin, wenn sie einschlafen oder trällern sie
selbstvergessen beim Spielen. Dann kommt ihr
Begleiter und wartet auf ein Wort von ihnen,
darauf, dass sich eine Hand auf seine Mähne
legt."

"Kann man sie denn wirklich haben,
Großvater?"
"Nur so, wie man einen guten Freund haben
kann. Besitzen kann die Windpferde niemand,
ihre Freiheit ist ihr Erbe."

Als die Äpfel reifen, sitzt eine junge Frau unter
einem Baum und singt leise vor sich hin, von
den Augen des Mannes, den sie liebt, der
Sanftheit seiner Hände ... ist völlig versunken in

ihren Gefühlen.

Zwischen den Bäumen tritt ein brauner Hengst heraus. Er hört der Stimme zu, tanzt auf der sonnendurchfluteten Wiese, ohne bemerkt zu werden und folgt irgendwann dem Ostwind zurück in die Wälder.

Es regnet. Der Boden in den sich der Sarg senkt ist nur Schlick. Die Frau kennt sie nicht, die Menschen, die sich hier versammelt haben, ihren Großvater zu verabschieden.
Und möchte sie fragen:
Was für Augen hatte er?
Wie fühlten sich seine Hände an?
Wie klang seine Stimme?

Sie würden nicht antworten können. Hinter der Regenwand scheint ein Rappe, den edlen Kopf traurig gesenkt, der Zeremonie zu zu schauen. Die Frau wischt sich über die Augen und der Spuk ist fort. Aber zwischen all den Liedern die gespielt werden und die sie nicht kennt, klingt auch eine altvertraute kleine Melodie ...

Am Rande des Friedhofs, unbeachtet von allen, steht das braune Pferd. Der Regen scheint ihm nichts anzuhaben, sein Fell glänzt im Licht, das

es umgibt, bis es schließlich hinter dem Wasser-
vorhang verschwindet.

Die Jahre vergehen. Kinder werden geboren
und werden erwachsen. Keiner erzählt ihnen die
Geschichte der Windpferde. Es ist keine Zeit
mehr für Märchen.
Irgendwann, in einer klaren Vollmondnacht
sitzt die Frau, nun selbst Großmutter,
allein auf der Veranda ihres Hauses. Draußen
ist es still und kalt, aber von ganz weit her klingt
noch immer das leise Lied ihrer Kindheit. Die
Alte weiß nicht, ob sie das wirklich hört, oder
ob es aus ihrem Inneren kommt, aber sie
summt leise mit.
Auf der frostigen Wiese vor ihrem Haus
beginnt ein braunes Pferd seinen Tanz.
Und die alltagsmüden Augen nehmen den
Zauber wahr. Ohne zu zögern läuft sie hinaus,
streicht über den weichen Nüstern, die lange
feste Mähne ihres Traumbegleiters.
Mit dem Wind um die Wette reiten, die kalten
Hände nicht spüren, sich eins fühlen mit allen
Wesen des Universums. Auf einmal ist nichts
darüber hinaus mehr von Bedeutung, kein
Alter, keine Schmerzen, nicht die Sorgen von
morgen oder das Glück von gestern..
Der Morgen findet er die Frau eingeschlafen in

dem alten Lehnstuhl. Ihre Hände sind rot, als habe der Frost sie zerbissen und ihre Augen tränen, als sei sie zu lang dem Wind entgegen gelaufen. Aber sie lächelt im Schlaf.

"...und so hat jeder Mensch irgendwo eine kleine Melodie in seinem Kopf, um sein Windpferd zu rufen. Doch die meisten Menschen vergessen sie, wenn sie erwachsen werden und dann lernen sie niemals den Zauber dieser Tiere kennen ..."

"Großmutter, das klingt ja wie die Märchen von Einhörnern oder Flügelpferden, die Mama manchmal erzählt."

Die beiden kleinen Jungs sitzen in ihren Betten und lächeln insgeheim über die altmodischen Geschichten der Großmutter. Und sie lächelt auch ...

Sie kann von ihrem Sessel aus in den mondhellen Garten sehen. Und während sie den Kindern ein Schlaflied singt, beobachtet sie die spielenden Pferde- zwei braune und ein schwarzes ...

Foto:©LMDB/Photocase.com

Zwei Gläser

Auf die kupferfarbenen Blätter der alten Rotbuche rieselt der erste Schnee. Es wird langsam dunkel. Die Kaminuhr zertickt gleichmütig den Abend.

Vor dem großen Fenster, in einem alten Schaukelstuhl, sitzt eine Frau und scheint zufrieden das glitzernde Wirbeln zu schauen. Ihren Schoß bedeckt eine buntkarierte Wolldecke, auf der die immer noch kräftigen, runzligen Hände von der Lebensarbeit ausruhen.

Leise öffnet sich die Tür. Ein großer, hagerer Mann um die fünfzig kommt herein. Er hat die Schuhe abgestreift, doch auf seiner Jacke funkelt noch der Schnee, als er die Aktentasche in die Ecke stellt und fast lautlos auf

Socken zum Fenster geht.

Mit einem Blick umfasst er die Gestalt im Stuhl und lächelt. Es wird Zeit, seinem Stiefsohn und dessen Frau einmal für die Mühe zu danken, die sie sich täglich mit ihrer Mutter geben, wenn er nicht bei ihr sein kann.

Er kniet nieder, streift eine lange Silbersträhne aus dem zerfurchen Gesicht der Alten:

"Hallo Spatz! Ich bin zu Hause. Jetzt machen wir uns einen gemütlichen Abend."

Sie hört ihn noch, auch wenn ein Teil von ihr sich schon weit fort befindet, auf dem Weg ins andere Land, von dem sie so fröhliche Geschichten zu erzählen wusste, mit dem sie so vielen Menschen die Angst vor dem Sterben nahm.

Als Clara noch sprach, meinte sie einmal, sie lasse ihm zwanzig bis dreißig Jahre übrig und er solle das Beste daraus machen.

Der Mann lächelt. Sein schmales Gesicht mit den Falkenaugen unter dunklen Brauen, der schmalen Nase und dem sinnlichen Mund ist nicht schön. Doch viele Menschen würden es anziehend, charismatisch, attraktiv nennen. Es hat ihn nie interessiert. Er hatte nur einen Spiegel, den, der zärtlich seine immer noch störrischen braunen Locken zersauste und über seine ergrauenden Schläfen lästerte.

Der Mann streift die letzten Schneekristalle von seiner Schulter, lässt sie auf die alten Hände fallen.

"Ich habe dir Glitzerfunkel mitgebracht. Bald wird es Weihnachten."

Er spürt ihr Lachen, auch wenn es die Augen nicht mehr erreicht. Vielleicht erinnert sie sich an Silberkugeln und verschneite Waldwege, Weihrauchduft und Bratäpfel. Aber vielleicht ist sie auch ganz woanders. Es ist unwichtig geworden.

Auf der großen Anrichte mit dem geschnitzten Aufsatz, stehen zwei Gläser. Sie gehörten einst ihrer Großmutter, die darin Äpfel und Birnen einweckte.

Das rechte ist bis zum Rand voller bunter

Murmeln, beim linken ist eben der Boden bedeckt.

Eines Tages erzählte sie von einem Brauch der alten Thraker. Jede Familie besaß ein Säckchen, in das man abends einen Stein warf - einen weißen, für einen glücklichen Tag, einen schwarzen für einen unglücklichen.

Das gefiel ihm, wie so viele ihrer verrückten Ideen. Und so stellten sie die zwei alten Gläser auf, rechts für glückliche Tage, links für unglückliche und die Schale voller Glasmurmeln daneben, die über all die Jahre von Trödelmärkten ihren Weg in das stille Haus fanden.

Jeden Abend verbrachten sie eine friedliche Stunde damit, den Tag auszuwerten. Natürlich gab es Probleme, auch Streit.

Doch meist fanden sie am Ende heraus, dass es doch ein recht zufriedener Tag gewesen sei.

Seit zwei Wochen muss er das nun allein tun.

Er streift die Jacke ab und bringt sie an den Kleiderhaken im Flur, setzt Tee auf und freut sich über die fertigen Brote und die Äpfel, die die Frau seines Stiefsohnes dagelassen hat.

Seltsam, dass sie sich immer vertragen haben, obwohl er jünger ist als die Beiden.

Sie isst nichts mehr, teilt nur noch den Tee mit ihm.

Später sitzen sie auf dem Sofa, er hält Clara im Arm, so wie damals, als sie, die ältere Frau die ihm, dem kaum dem Knabenalter Entwachsenen, wie eine Göttin erschien, so unerreichbar, sich zögernd berühren ließ, sich wagte, seine Liebkosungen zu erwidern.

Dreißig Jahre ist das her, dreißig glückliche Jahre. "Zufriedene" Jahre, korrigiert er sich in Gedanken. Aber ist das nicht das größte Glück?

Nun sind nur noch Zentimeter des gemeinsamen Weges übrig geblieben. Er fühlt, wie ein Teil von ihm sich langsam zurückzieht, all das, womit sie damals seine innere Leere füllte und er hat keinen, gar keinen Ersatz dafür, wird so verloren sein, wie er war, bevor er sie fand.

Ängstlich lauscht er ihren fast unhörbaren Atemzügen. Zwanzig, vielleicht dreißig Jahre. Wenn sie fort sein wird, ihre Sorge ihm nicht mehr wehtut, wird er eine Entscheidung treffen müssen. Denn das Leben wird nicht weitergehen für ihn. Und zwanzig Jahre Sterben ist zu lange.

*Hier ist Platz für Deine ganz
eigene Geschichte*

Foto:...............................